Collection folio cadet

à Yvon Dupré

Supplément réalisé avec la collaboration de
Dominique Boutel, Nadia Jarry, Anne Panzani
(illustrations Sophie Jouffroy)

ISBN : 2-07-031172-4
© Editions Gallimard, 1980
© Editions Gallimard, 1990, pour la présente édition
Numéro d'édition : 46129
Premier dépôt légal : mai 1985
Dépôt légal : février 1990
Imprimé en Italie par la Editoriale Libraria

Barbedor

MICHEL TOURNIER
ILLUSTRÉ PAR
GEORGES LEMOINE

GALLIMARD

Il était une fois en Arabie Heureuse, dans la ville de Chamour, un roi qui s'appelait Nabou-nassar III, et qui était fameux par sa barbe annelée, fluviatile et dorée à laquelle il devait son surnom de Barbedor. Il en prenait le plus grand soin, allant jusqu'à l'enfermer la nuit dans une petite housse de soie dont elle ne sortait le matin que pour être confiée aux mains expertes d'une barbière. Car il faut savoir que si les barbiers sont des manieurs de rasoir et des coupeurs de barbes en quatre, les barbières au contraire ne jouent que du peigne, du fer à friser et du vaporisateur, et ne sauraient couper un seul poil à leur client.

Nabounassar Barbedor qui avait laissé pousser sa barbe dans sa jeunesse sans y prêter attention — et plutôt par négligence que de propos délibéré — se prit avec les années à attacher à cet appendice de son menton une signification grandissante et presque magique. Il n'était pas éloigné d'en faire le symbole de sa royauté, voire le réceptacle de son pouvoir.

Et il ne se lassait pas de contempler au miroir sa barbe d'or dans laquelle il faisait passer complaisamment ses doigts chargés de bagues.

Le peuple de Chamour aimait son roi. Mais le règne durait depuis plus d'un demi-siècle. Des réformes urgentes étaient sans cesse ajournées par un gouvernement qui à l'image de son souverain se berçait dans une indolence satisfaite. Le conseil des ministres ne se réunissait plus qu'une fois par mois, et les huissiers entendaient à travers la porte des phrases — toujours les mêmes — séparées par de longs silences :

— Il faudrait faire quelque chose.
— Oui, mais évitons toute précipitation.
— La situation n'est pas mûre.
— Laissons agir le temps.
— Il est urgent d'attendre.

Et on se séparait en se congratulant, mais sans avoir rien décidé.

L'une des principales occupations du roi, c'était, après le déjeuner — qui était traditionnellement long, lent et lourd — une sieste profonde qui se prolongeait fort tard dans l'après-midi. Elle avait lieu, il convient de le préciser, en plein air, sur une terrasse ombragée par un entrelacs d'aristoloches.

Or, depuis quelques mois, Barbedor ne jouissait plus de la même tranquillité d'âme. Non que les remontrances de ses conseillers ou les murmures de son peuple fussent parvenus à l'ébranler. Non. Son inquiétude avait une source plus haute, plus profonde, plus auguste en un mot : pour la première fois le roi Nabounassar III, en s'admirant dans le miroir que lui tendait sa barbière après sa toilette, avait découvert un poil blanc mêlé au ruissellement doré de sa barbe.

Ce poil blanc le plongea dans des abîmes de méditation. Ainsi, pensait-il, je vieillis. C'était bien sûr prévu, mais enfin désormais le fait est là, aussi irrécusable que ce poil. Que faire ? Que ne pas faire ? Car si j'ai un poil blanc, en revanche je n'ai pas d'héritier. Marié deux fois, aucune des deux reines qui se sont succédé dans mon lit n'ont été capables de donner un dauphin au royaume. Il faut aviser. Mais évitons toute précipitation. Il me faudrait un héritier, oui, adopter un enfant peut-être. Mais qui me ressemble, qui me ressemble énormément.

Moi en plus jeune, en somme, en beaucoup plus jeune. La situation n'est pas mûre. Il faut laisser agir le temps. Il est urgent d'attendre.

Et reprenant sans le savoir les phrases habituelles de ses ministres, il s'endormait en rêvant à un petit Nabounassar IV qui lui ressemblerait comme un petit frère jumeau.

Un jour pourtant il fut arraché soudain à sa sieste par une sensation de piqûre assez vive. Il porta instinctivement la main à son menton, parce que c'était là que la sensation s'était fait sentir. Rien. Le sang ne coulait pas. Il frappa sur un gong. Fit venir sa barbière. Lui commanda d'aller quérir le grand miroir. Il s'examina. Un obscur pressentiment ne l'avait pas

trompé : son poil blanc avait disparu. Profitant de son sommeil, une main sacrilège avait osé attenter à l'intégrité de son appendice pileux.

Le poil avait-il été vraiment arraché, ou bien se dissimulait-il dans l'épaisseur de la barbe ? La question se posait, car le lendemain matin, alors que la barbière ayant accompli son office présentait le miroir au roi, il était là, indéniable dans sa blancheur qui tranchait comme un fil d'argent dans une mine de cuivre.

Nabounassar s'abandonna ce jour-là à sa sieste traditionnelle dans un trouble qui mêlait confusément le problème de sa succession et le mystère de sa barbe. Il était bien loin en effet de se douter que ces deux points d'interrogation n'en faisaient qu'un et trouveraient ensemble leur solution...

Or donc, le roi Nabounassar III s'était à peine assoupi qu'il fut tiré de son sommeil par une vive douleur au menton. Il sursauta, appela à l'aide, fit quérir le miroir : le poil blanc avait derechef disparu !

Le lendemain matin, il était revenu. Mais cette fois, le roi ne se laissa pas abuser par les apparences. On peut même dire qu'il accomplit un grand pas vers la vérité. En effet il ne lui échappa pas que le poil, qui se situait la veille à gauche et en bas de son menton, apparaissait maintenant à droite et en haut — presque à hauteur de nez — de telle sorte qu'il fallait en conclure, puisqu'il n'existait pas de poil ambu-

lant, qu'il s'agissait d'un *autre* poil blanc survenu au cours de la nuit, tant il est vrai que les poils profitent de l'obscurité pour blanchir.

Ce jour-là, en se préparant à sa sieste, le roi savait ce qui allait arriver : à peine avait-il fermé les yeux qu'il les rouvrait sous l'effet d'une sensation de piqûre à l'endroit de sa joue où il avait repéré le dernier poil blanc. Il ne se fit pas apporter le miroir, persuadé qu'à nouveau on venait de l'épiler.

Mais qui ? Qui ?

La chose se produisait maintenant chaque jour. Le roi se promettait de ne pas s'assoupir sous les aristoloches. Il faisait semblant de dormir, fermait à demi les yeux, laissant filtrer un regard torve entre ses paupières.

Mais on ne fait pas semblant de dormir sans risquer de dormir vraiment. Et crac ! Quand la douleur arrivait, il dormait profondément, et tout était terminé avant qu'il ouvrît les yeux.

Cependant aucune barbe n'est inépuisable. Chaque nuit, l'un des poils d'or se métamorphosait en poil blanc, lequel était arraché au début de l'après-midi suivant. La barbière n'osait rien dire, mais le roi voyait son visage se friper de chagrin à mesure que sa barbe se raréfiait. Il s'observait lui-même au miroir, caressait ce qui lui restait de barbe d'or, appréciait les lignes de son menton qui transparaissaient de plus en plus nettement à travers une toison clairsemée. Le plus curieux, c'est que la métamorphose ne lui déplaisait pas. A travers le masque du vieillard majestueux qui s'effritait, il voyait reparaître — plus accusés, plus marqués certes — les traits du jeune homme imberbe qu'il avait été. En même temps la question de sa succession devenait à ses yeux moins urgente.

Quand il n'eut plus au menton qu'une douzaine de poils, il songea sérieusement à congédier ses ministres chenus, et à prendre lui-même en main les rênes du gouvernement. C'est alors que les événements prirent un tour nouveau.

Etait-ce parce que ses joues et son menton dénudés devenaient plus sensibles aux courants d'air ? Il lui arriva d'être tiré de sa sieste par un petit vent frais qui se produisait une fraction de seconde avant que le poil blanc du matin ne disparût. Et un jour il vit ! Il vit quoi ? Un bel oiseau blanc — blanc comme la barbe blanche qu'il n'aurait jamais — qui s'enfuyait à tire-d'aile en emportant dans son bec le poil de barbe qu'il venait d'arracher. Ainsi donc tout s'expliquait : cet oiseau voulait un nid de la couleur de son plumage, et n'avait rien trouvé de plus blanc que certains poils de la barbe royale.

Nabounassar se réjouissait de sa découverte, mais il brûlait d'en savoir davantage. Or il était grand temps, car il ne lui restait plus qu'un seul poil au menton, lequel, blanc comme neige, serait la dernière occasion pour le bel oiseau de se montrer. Aussi quelle n'était pas l'émotion du roi en s'étendant sous les aristoloches pour cette sieste ! Il fallait à nouveau feindre le sommeil, mais ne pas y succomber. Or le déjeuner avait été ce jour-là particulièrement riche et succulent, et il invitait à une sieste... royale ! Nabounassar III lutta héroï-

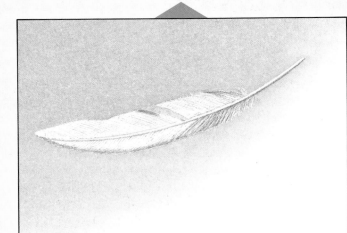

quement contre la torpeur qui l'envahissait en vagues bienfaisantes, et pour se tenir éveillé, il louchait vers le long poil blanc qui partait de son menton et ondulait dans la lumière chaude. Ma parole, il n'eut qu'un instant d'absence, un bref instant, et il revint à lui sous le coup d'une vive caresse d'aile contre sa joue et d'une sensation de piqûre au menton. Il lança sa main en avant, toucha quelque chose de doux et de palpitant, mais ses doigts se refermèrent sur le vide, et il ne vit en ouvrant les yeux que l'ombre noire de l'oiseau blanc à contre-jour dans le soleil rouge, l'oiseau qui fuyait et qui ne reviendrait plus jamais, car il emportait dans son bec le dernier poil de la barbe du roi !

Le roi se leva furieux et fut sur le point de convoquer ses archers avec l'ordre de s'assurer de l'oiseau et de lui livrer mort ou vif. Réaction brutale et déraisonnable d'un souverain dépité. Il vit alors quelque chose de blanc qui se balançait dans l'air en se rapprochant du sol : une plume neigeuse qu'il avait sans doute détachée de l'oiseau en le touchant. La plume se posa doucement sur une dalle, et le roi assista à un phénomène qui l'intéressa prodigieusement : la plume, après un instant d'immobilité, pivota sur son axe et dirigea sa pointe vers... Oui, cette petite plume posée par terre tourna comme l'aiguille aimantée d'une boussole, mais au lieu d'indiquer la direction du nord, elle se plaça dans celle qu'avait prise l'oiseau en fuyant.

Le roi se baissa, ramassa la plume et la posa en équilibre sur la paume de sa main. Alors la plume tourna et s'immobilisa dans la direction sud-sud-ouest, celle qu'avait choisie l'oiseau pour disparaître.

C'était un signe, une invite. Nabounassar, tenant toujours la plume en équilibre sur sa paume, s'élança dans l'escalier du palais, sans répondre aux marques de respect dont le saluaient les courtisans et les domestiques qu'il croisait.

Lorsqu'il se trouva dans la rue, au contraire, personne ne parut le reconnaître. Les passants ne pouvaient imaginer que cet homme sans barbe qui courait vêtu d'un simple pantalon bouffant et d'une courte veste, en tenant une petite plume blanche en équilibre sur sa main, c'était leur souverain majestueux, Nabounassar III. Etait-ce que ce comportement insolite leur paraissait incompatible avec la dignité du roi ? Ou bien autre chose, par exemple un air de jeunesse nouveau qui le rendait méconnaissable ? Nabounassar ne se posa pas la question — une question primordiale pourtant — trop occupé à garder la plume sur sa paume et à suivre ses indications.

Il courut longtemps ainsi, le roi Nabounassar III — ou faut-il déjà dire l'ancien roi Nabounassar III ? Il sortit de Chamour, traversa des champs cultivés, se retrouva dans une forêt, franchit une montagne, passa un fleuve grâce à un pont, puis une rivière à gué, puis un désert et une autre montagne. Il courait, courait, courait sans grande fatigue, ce qui était bien surprenant de la part d'un homme âgé, corpulent et gâté par une vie indolente.

Enfin il s'arrêta dans un petit bois, sous un grand chêne vers le sommet duquel la plume blanche se dressa verticalement. Tout là-haut, sur la dernière fourche, on voyait un amas de brindilles, et sur ce nid — car c'était un nid, évidemment — le bel oiseau blanc qui s'agitait avec inquiétude.

Nabounassar s'élança, saisit la branche la plus basse et d'un coup de reins se retrouva assis, puis tout de suite debout, et il recommença avec la deuxième branche, et il grimpait ainsi, agile et léger comme un écureuil.

Il eut tôt fait d'arriver à la fourche. L'oiseau blanc s'enfuit épouvanté. Il y avait là une couronne de branchettes qui contenait un nid blanc, où Nabounassar reconnut sans peine tous les poils de sa barbe soigneusement entrelacés. Et au milieu de ce nid blanc reposait un œuf, un bel œuf doré, comme l'ancienne barbe du roi Barbedor.

Nabou détacha le nid de la fourche, et entreprit de redescendre, mais ce n'était pas une petite affaire avec ce fragile fardeau qui lui occupait une main ! Il pensa plus d'une fois tout lâcher, et même, alors qu'il était encore à une douzaine de mètres du sol, il faillit perdre l'équilibre et tomber. Enfin il sauta sur le sol moussu. Il marchait depuis quelques minutes dans ce qu'il pensait être la direction de la ville, quand il fit une extraordinaire rencontre. C'était une paire de bottes, et au-dessus un gros ventre, et au-dessus un chapeau de garde-

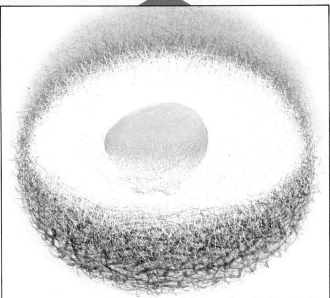

chasse, bref un véritable géant des bois. Et le
géant cria d'une voix de tonnerre :

— Alors, petit galopin ? C'est comme ça
qu'on vient dénicher les œufs dans la forêt du
roi ?

Petit galopin ? Comment pouvait-on l'appe-
ler ainsi ? Et Nabou s'avisa soudain qu'en effet
il était devenu fort petit, mince et agile, ce qui
expliquait au demeurant qu'il pût courir des
heures durant et monter aux arbres. Et il n'eut
pas non plus de mal à se glisser dans un fourré
et à échapper au garde-chasse encombré par sa
taille et son ventre.

Quand on approche de Chamour, on passe
à proximité du cimetière. Or le petit Nabou se
trouva arrêté en cet endroit par une grande et

brillante foule qui entourait un splendide corbillard, tiré par six chevaux noirs, bêtes magnifiques, empanachées de duvet sombre et caparaçonnées de larmes d'argent.

Il demanda plusieurs fois qui donc on enterrait, mais toujours les gens haussaient les épaules et refusaient de lui répondre, comme si sa question avait été par trop stupide. Il remarqua simplement que le corbillard portait des écussons sur lesquels il y avait un N surmonté d'une couronne. Finalement il se réfugia dans une chapelle mortuaire située à l'autre bout du cimetière, il posa le nid à côté de lui, et, à bout de force, il s'endormit sur une pierre tombale.

Le soleil était déjà chaud quand il reprit le

lendemain la route de Chamour. Il eut la surprise de trouver la grande porte fermée, ce qui était bien étonnant à cette heure du jour. Il fallait que les habitants attendissent un événement important ou un visiteur de marque, car c'était dans ces circonstances exceptionnelles qu'on fermait et qu'on ouvrait solennellement la grande porte de la ville. Il se tenait ainsi, curieux et indécis, devant le haut portail, tenant toujours le nid blanc dans ses mains, quand tout à coup l'œuf doré qu'il contenait se fendit en morceaux, et un petit oiseau blanc en sortit. Et ce petit oiseau blanc chantait d'une voix claire et intelligible : « Vive le roi ! Vive notre nouveau roi Nabounassar IV ! »

Alors lentement la lourde porte tourna sur ses gonds et s'ouvrit à deux battants. Un tapis rouge avait été déroulé depuis le seuil jusqu'aux marches du palais. Une foule en liesse se massait à droite et à gauche, et comme l'enfant au nid s'avançait, tout le monde reprit l'acclamation de l'oiseau, en criant : « Vive le roi ! Vive notre nouveau roi Nabounassar IV ! »

Le règne de Nabounassar IV fut long, paisible et prospère. Deux reines se succédèrent à ses côtés sans qu'aucune donnât un dauphin au royaume. Mais le roi, qui se souvenait d'une certaine escapade dans la forêt à la suite d'un oiseau blanc voleur de barbe, ne se faisait aucun souci pour sa succession. Jusqu'au jour où, les années passant, ce souvenir commença à s'effacer de sa mémoire.

C'était à l'époque où une belle barbe d'or
peu à peu lui couvrait le
menton et les joues.

FIN

Michel Tournier est né en 1924 et son premier roman, *Vendredi ou les limbes du Pacifique*, est paru en 1967. Michel Tournier est membre de l'Académie Goncourt depuis 1972.

"Je n'écris pas des livres pour enfants, mais il m'arrive de tellement m'appliquer et d'avoir tant de talent que ce j'écris peut être lu aussi par les enfants. Quand ma plume est moins heureuse, ce qu'elle trace est tout juste bon pour les adultes. Je suis convaincu que si quelque chose reste de ce que j'écris, cela s'appellera *Vendredi ou la vie sauvage, Pierrot ou les secrets de la nuit* ou *Barbedor. Barbedor* est extrait d'un roman qui met en scène Hérode le Grand et les trois Rois Mages, et qui a pour titre *Gaspard, Melchior et Balthazar.*"

"Mille images ne suffiraient pas à illustrer le moindre petit conte. Alors comment faire ? Barbedor, le palais, l'Arabie Heureuse, le chant des oiseaux, le ruissellement de l'eau dans les vasques de marbre ! Il faut se dire qu'une image peut à elle seule être tout à la fois. Il faut se faire un peu magicien, aussi conteur et auteur à sa façon, placer tout au long de cette rivière de mots la succession de ces constructions immobiles que sont les images, les illustrations."

Georges Lemoine

Barbedor

Supplément illustré

Test

Narcisse, personnage de la mythologie, était un jeune homme très beau et amoureux de sa propre image. A force de se contempler dans l'eau, il s'y noya. Depuis lors, on dit de quelqu'un aimant son image qu'il est narcissique. Et toi, l'es-tu ? Pour le savoir, choisis pour chaque question la solution que tu préfères. *(Réponses page 46)*

1 <u>Le matin avant de partir à l'école :</u>
● tu mets n'importe quel vêtement pour t'habiller vite
■ tu choisis les plus pratiques et les plus adaptés à la saison
▲ tu assortis avec soin chaque vêtement pour avoir une tenue réussie

2 <u>Quand quelqu'un s'apprête à faire une photo :</u>
▲ tu te glisses discrètement devant l'appareil avec ton plus beau sourire
● tu en profites pour tester les dernières grimaces
■ tu ne t'en aperçois même pas

3 <u>Devant la grande glace du salon :</u>
■ tu vérifies plusieurs fois que ton allure est présentable
● tu te regardes de très près pour voir

comment est l'intérieur de ton œil

▲ tu prends des attitudes pour trouver la meilleure pose

4 <u>Pour une fête ton déguisement serait :</u>

● un super monstre

▲ un merveilleux héros

■ un génial inventeur

5 <u>Pour toi être vieux c'est :</u>

▲ devenir tout ratatiné et ridé

■ ressembler à ton grand-père que tu aimes tant

● pouvoir faire

semblant d'être sourd quand cela t'arrange

6 <u>Tu choisis tes amis :</u>

● parce qu'ils te font rire

▲ parce qu'ils te font plein de compliments

■ parce qu'ils te ressemblent

7 <u>Tu peux passer des heures :</u>

▲ à faire des essais de coiffure

● à faire les plus grosses bulles de chewing-gum possibles

■ à lire ou à rêver

8 <u>Pour toi, être beau c'est :</u>

■ ressembler à son père ou à sa mère

▲ ressembler à une vedette de cinéma

● ne ressembler à personne

(Illustration Christian Rivière,
Le livre de la Mythologie, Découverte cadet)

Informations

■ Petites histoires poilues... ■

■ Le poil n'est plus ce qu'il était...

Autrefois nos ancêtres avaient le corps presque entièrement recouvert de poils ; leur rôle essentiel était de protéger du froid, de l'humidité, du soleil, etc. Mais, peu à peu, l'homme a inventé d'autres moyens de

Illustration Carlo Ranzi,
Le Livre des premiers hommes,
Découverte cadet

protection : les vêtements. Le système pileux est alors devenu de moins en moins dense.

■ La vie d'un poil

La durée de vie d'un poil est de deux à quatre ans. Est-ce dire qu'un poil est vivant ? En réalité, la seule partie vivante et qui pousse est la racine. Chaque jour des poils tombent et des neufs repoussent. Ils repoussent plus en été qu'en hiver, et plus la nuit que le jour.

■ **A propos de barbe...**

Qui s'y frotte peut ne pas se piquer !
En effet, sais-tu qu'il existe
des gens imberbes dont
la barbe ne pousse pas et d'autres que l'on dit
"glabres", qui ont encore moins de poils. A
l'inverse, les hommes dans certaines religions ne
se coupent jamais la barbe, et il arrive qu'ils la
rangent dans un petit filet pour ne pas être gênés.
La mode de la barbe change environ tous les
siècles depuis la fin du Moyen Age. Au début du
XXᵉ siècle, on disait d'un visage complètement
rasé que cela faisait valet de chambre !

■ **Barbes célèbres**

De tout temps et comme Barbedor, beaucoup
d'hommes ont été fiers et soucieux de la beauté
de leur barbe. Certaines ont marqué l'histoire,
telles celles de Charlemagne ou de Barbe-Noire.
Mais la plus longue jamais connue fut celle d'un
Norvégien (Hans Langseth, 1846-1927) ; elle
mesurait 5,33 mètres, le jour de sa mort. La
barbe française
détenant le record
appartient à Louis
Coulon avec 3,35
mètres. Mais les
femmes à

barbe ne sont pas en reste avec Janice Deveree, une Américaine, qui en arborait une de 36 centimètres à l'âge de quarante-deux ans.

■ **De toutes les couleurs**

Cheveux blonds, bruns, châtains, roux, il y en a pour tous les goûts.

Tu connais peut-être l'expression : "se faire des cheveux blancs", mais sais-tu comment ils deviennent blancs ? Eh bien, la couleur naturelle de nos cheveux et autres poils est produite par le pigment contenu dans les cellules de leurs racines. Lorsque nous vieillissons, ce pigment cesse un peu d'être fabriqué. Alors,

progressivement, cheveux, moustaches, sourcils, cils, barbe grisonnent jusqu'à devenir blancs.
Il existe dans le monde toutes sortes de qualités de cheveux : noirs et extrêmement frisés en Afrique ; fins et si blonds qu'on les croirait blancs, dans les pays du nord de l'Europe ; très noirs et très épais en Asie ; et aussi toutes les nuances de châtains à travers le monde.

■ Cheveux longs, cheveux courts

En fonction des modes, la longueur des cheveux a souvent varié au cours de l'histoire. Imagine-toi que, durant une vie moyenne, des cheveux sains atteindraient une longueur de 8 mètres si on ne les coupait pas ! En Inde, les Sikhs laissent pousser leurs cheveux indéfiniment et en font un chignon qu'ils dissimulent sous un turban. En revanche, certains vivent avec le crâne rasé, comme les moines en Asie.
Au cas où tu te serais posé la question, sache que tu as environ 75 000 cheveux sur la tête.

Illustration Georges Lemoine,
Le Livre du corps,
Découverte cadet

Jeux

■ De poils

Voici des expressions poilues, velues
et barbues. Peux-tu relier chaque expression
à sa définition?

1. Avoir un cheveu sur la langue
2. Avoir un poil dans la main
3. Avoir les poils qui se hérissent
4. Reprendre du poil de la bête
5. Tirer par les cheveux
6. Couper un cheveu en quatre
7. Faire quelque chose à la barbe de quelqu'un

A. Trouver du courage ou des forces
B. Etre paresseux
C. Se mettre en colère
D. Agir en la présence d'une personne sans éveiller son attention
E. Parler en zozotant
F. Présenter quelque chose d'une façon compliquée
G. Chercher le moindre détail

(Réponses page 46)

■ Au fil des pages ▬▬▬▬

Pour remplir cette grille, il te faut faire un vrai jeu de piste à travers le livre. Tu verras alors apparaître le nom de l'illustrateur de *Barbedor*.

1. C'est le seul mot dont la moitié est en bas à droite d'une page et l'autre en haut à gauche d'une autre page avec, entre les deux, une page pleine de feuilles vertes.

2. C'est le mot juste au-dessus du dessin de la page 10.

3. C'est le mot à la pointe du vaporisateur.

4. C'est le mot écrit en plus gros sur la couverture.

5. Ce petit mot désigne Nabounassar.

6. C'est le premier mot de la page qui est en face du nid et de l'œuf d'or.

7. Suis le poil que tient l'oiseau dans son bec, et tu trouveras le dernier mot.

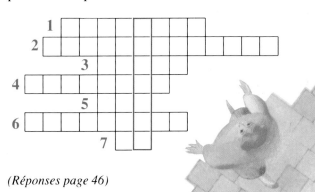

(Réponses page 46)

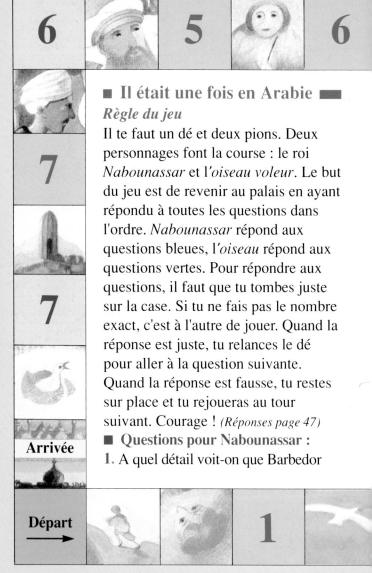

6 **5** **6**

7

7

Arrivée

Départ →

1

■ **Il était une fois en Arabie** ▬
Règle du jeu

Il te faut un dé et deux pions. Deux personnages font la course : le roi *Nabounassar* et l'*oiseau voleur*. Le but du jeu est de revenir au palais en ayant répondu à toutes les questions dans l'ordre. *Nabounassar* répond aux questions bleues, l'*oiseau* répond aux questions vertes. Pour répondre aux questions, il faut que tu tombes juste sur la case. Si tu ne fais pas le nombre exact, c'est à l'autre de jouer. Quand la réponse est juste, tu relances le dé pour aller à la question suivante. Quand la réponse est fausse, tu restes sur place et tu rejoueras au tour suivant. Courage ! *(Réponses page 47)*

■ **Questions pour Nabounassar :**
1. A quel détail voit-on que Barbedor

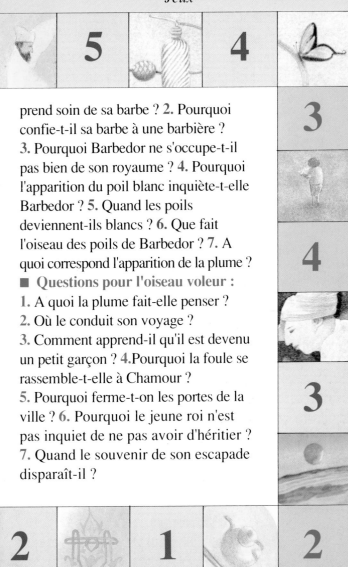

5 **4**

prend soin de sa barbe ? **2.** Pourquoi confie-t-il sa barbe à une barbière ? **3.** Pourquoi Barbedor ne s'occupe-t-il pas bien de son royaume ? **4.** Pourquoi l'apparition du poil blanc inquiète-t-elle Barbedor ? **5.** Quand les poils deviennent-ils blancs ? **6.** Que fait l'oiseau des poils de Barbedor ? **7.** A quoi correspond l'apparition de la plume ?

■ **Questions pour l'oiseau voleur :**
1. A quoi la plume fait-elle penser ?
2. Où le conduit son voyage ?
3. Comment apprend-il qu'il est devenu un petit garçon ? **4.** Pourquoi la foule se rassemble-t-elle à Chamour ?
5. Pourquoi ferme-t-on les portes de la ville ? **6.** Pourquoi le jeune roi n'est pas inquiet de ne pas avoir d'héritier ?
7. Quand le souvenir de son escapade disparaît-il ?

3

4

3

2 **1** **2**

■ Le labyrinthe

Peux-tu aider Nabounassar à retrouver l'oiseau à travers ce labyrinthe ? *(Réponse page 47)*

■ Rébus ■

Sauras-tu retrouver le début d'une phrase de
cette histoire grâce au rébus suivant ?
(Réponse page 47)

■ Une grille de cheveux ■

Les six principales couleurs de cheveux se sont
cachées dans cette grille. Sauras-tu les retrouver ?
Tu peux lire les mots dans tous les sens.

O	P	N	C	N	A	L	B	G
D	N	O	L	B	G	H	I	R
Q	N	I	A	T	A	H	C	I
E	F	R	O	U	X	X	Z	S

(Réponses page 47)

Réponses

pages 34 et 35

Compte les ▲, les ■ et les ● que tu as obtenus.
- Si tu as plus de ▲, tu prends soin de toi et tu es
très (trop peut-être) sensible à ton apparence.
Tu te préoccupes de ta beauté et c'est bien, tant
que tu sais la voir aussi chez les autres.
Attention ! N'oublie pas que Narcisse s'est noyé
à force de trop contempler son image.
- Si tu as plus de ●, pour toi tout ce qui est
original est beau. Tu ne t'intéresses à ton allure
que pour l'enrichir de fantaisies et de drôleries.
A tes yeux, tous les moyens sont bons pour rire.
- Si tu as plus de ■, ta discrétion n'a d'égal que
ton respect à l'égard des autres. Tu te soucies
de donner une image soignée à ceux qui
t'entourent, plus par convenance que par goût.
Tu ne risques pas de finir comme Narcisse.

page 40

De poils : 1. E - 2. B - 3. C - 4. A - 5. F - 6. G - 7. D.

page 41

*Au fil des pages : 1. Ambulant - 2. Pressentiment
- 3. Temps - 4. Barbedor - 5. Roi - 6. Brillante -
7. De. - Le nom à trouver est : LEMOINE.*

■■■■■■■■■■■■■■■■■■*pages 42 et 43*

Il était une fois en Arabie : **1.** *Il l'enferme la nuit dans un sac de soie -* **2.** *Parce que les barbières ne coupent jamais un seul poil à leurs clients -* **3.** *Car il passe son temps à regarder sa barbe -* **4.** *Car il comprend qu'il vieillit et n'a pas d'héritier -* **5.** *La nuit -* **6.** *Il construit son nid -* **7.** *A celle du dernier poil de barbe.*

1. *A l'aiguille d'une boussole -* **2.** *Sur la dernière branche d'un grand chêne -* **3.** *Le géant de la forêt l'appelle "galopin" -* **4.** *Pour un enterrement -* **5.** *Pour un événement important ou un visiteur de marque -* **6.** *Car il se souvient de son escapade -* **7.** *Quand une barbe d'or commence à lui pousser.*

■■■■■■■■■■■■■■■■■■*page 44*

Le labyrinthe :

■■■■■■■■■■■■■■■■■■*page 45*

Rébus : *(île - haie - T - haie - une - fois - han - A - rat - bie) = Il était une fois en Arabie.*
Une grille de cheveux *: blond - roux - blanc - noir - gris - châtain.*

Titres à nouveau disponibles et nouveautés de la collection folio cadet

série bleue

Le problème, Aymé/Sabatier
Le chien, Aymé/Sabatier
Les boîtes de peinture, Aymé/Sabatier
Clément aplati, Brown/Ross
Le doigt magique, Dahl/Galeron
La Belle et la Bête, de Beaumont/Glasauer
Le dictionnaire des mots tordus, Pef
Du commerce de la souris, Serres/Lapointe
La petite fille aux allumettes, Andersen/Lemoine
Il était une fois deux oursons, Johansen/Bhend
Les inséparables, Ross/Hafner
Le petit humain, Serres/Tonnac

série rouge

Le cheval en pantalon, Ahlberg
Histoire d'un souricureuil, Allan/Blake
Le port englouti, Cassabois/Boucher
Fantastique Maître Renard, Dahl/Ross
L'enlèvement de la bibliothécaire, Mahy/Blake
Pierrot ou les secrets..., Tournier/Bour
Le rossignol de l'empereur..., Andersen/Lemoine
L'homme qui plantait..., Giono/Glasauer
Barbedor, Tournier/Lemoine
Le poney dans la neige, Gardam/Geldart
Les sorcières, Hawkins
Grabuge et..., de Brissac/Lapointe